此 × 间 × 岁 × 月

CI　JIAN　SUI　YUE

雪青 × 著

南方出版社

图书在版编目（CIP）数据

此间岁月 / 雪青著. -- 海口：南方出版社，2024.
9. -- ISBN 978-7-5501-9173-0

Ⅰ. I227

中国国家版本馆CIP数据核字第2024Q8N688号

此间岁月
CIJIAN SUIYUE

作　　者　雪　青
责任编辑　白　娜
策　　划　泥流文化传媒
整体设计　建明文化
出版发行　南方出版社
经　　销　全国新华书店
印　　刷　河北赛文印刷有限公司
开　　本　880mm×1230mm　1/32
字　　数　100千字
印　　张　6.125
版　　次　2024年9月第1版
印　　次　2024年9月第1次印刷
书　　号　ISBN 978-7-5501-9173-0
定　　价　50.00元

目录

001   关于诗

002   关于自己

004   时间的对望

005   卜卦

007   昏黄的街灯

008   后悔的事

009   悲情城市

011   惯性

013   故作勇敢

014   需要世界为你做些什么

015   同样的一件事

017   关于生活的白描

019   心中的山水

020   殉道者的眼泪

021   下站

023   就让过去的过去

025   当他说起遗憾

027   沉默

028   原谅

030   再聚首

031   会开花的云

033   归家

034   一程又一程

035   惑

036   消融

037   往事如昨

038   一种鲜活

039   歌不尽的山水

041   最美

043   答案

045   孤勇者

047   只道寻常

048   荒原狼

050   遥远的祝福

052   关于勇敢

054   一种明证

055   道别离

056   不尽的云

058   等一场雨

059   大梦过后

061   迟到的回答

063   向注的地方

065   不管怎样

066   理想之地

067   一些懂得

068   幸福的滋味

070   看得见的与看不见的

071   曾经所想

072   请原谅

074   问与答

075   释怀

077   一部关于智慧的学说

079   善变

080   弄丢的自己

082　　怕了

083　　转换点

084　　遗失的美好

085　　对与错

087　　愿你

089　　应和

091　　从这里开始

092　　唯一的路标

093　　问

094　　一种确信

095　　新年的烟火

096　　左右为难

097　　感同身受

098　　夏夜依旧

099　　年轮

101　　等

102　　谜

103　　相同与不同

105　　那些为了自己而做的事

107　　我怀念的

109　　请别再问我为什么

111 未兴

113 桥

115 见或不见

116 注注

118 错过

120 当记忆褪却后

122 不兴再流浪

123 临渊

124 与自己恋爱

126 生命永恒在流淌

127 命定的相遇

128 邂逅

130 触手可及的美

131 臣服

133 朝圣之路

134 遇见博卡拉

135 沙扬娜拉

136 今夜心澄如海

138 不可道之境

140 显而易见的事

141 而你就像我一样

143　　四月的蓝花楹

144　　一个有雾的清晨

146　　叛逃

148　　醒来

149　　平凡如歌

151　　远离的真相

152　　悬溺

153　　先去看见

155　　想象中的

156　　触及

157　　被叫醒的早晨

158　　请不要相信

159　　静默时

161　　了解自己

163　　一个人的圆满

164　　那些未曾改变的

165　　一支白色玫瑰

167　　怀疑

169　　停看

171　　表达

172　　平静中想飞

173　　　退路

175　　　你的委屈

176　　　误读

178　　　大自然

179　　　永远的向日葵

180　　　礼物

181　　　平凡的一天

183　　　到最后

关于诗

生命是丰盈的

丰盈到似乎人只需要不停地向内去探寻

便终究能够获悉那所有关于它的真谛

快乐是简单的

简单到好像现在这样

晒着太阳唱着歌

而生活是本真的

本真到除却那些对于欲望的宣泄与渲染

其中更还有灵魂的吟唱

但情感却是纯粹的

纯粹到此刻当我牵起你的手时

竟以为这确然已是故事的全部了

那么诗呢

又该拿什么来形容一首诗呢

也许对我而言

那里面有着对于生命的全部热爱

关于自己

我说不清人们为什么喜欢在阳光下舞蹈

正像是同样也说不清

为什么有人会想要在冷雨天里落泪一样

而此刻当听着动情的山歌重新从远处响起

便又禁不住再次的感动于那股子生动又鲜活的生命力

也许直到现在

自己所在寻找的依然是某种能够触及生命的东西

现在的我

看似已经拥有了能够随时离开任何人或地方的内在自由

但却反而更加懂得了珍惜

学会了该要如何及时并明确地表达爱

也许不得不承认对于这个世界自己的确是深深地爱着

这是一个不再会绕路的自己

一个如果遇见幸福便会直接拥上前去的自己

一个不再轻易去怀疑

也不再胆怯的自己

一个不再追随某种人云亦云的设定

而只是更多去对内心作出回应的自己

而奇妙的是

有关于此刻近在眼前的一切

坦荡的阳光　透心的花香

以及那犹如铺天盖地一般浓厚的云彩

竟叫我一刻也不想记起自己是谁

那些种种有关自己的假设与界定

也许压根一点都不重要

不如就像现在这样

平静地等待着　接纳着

会发生或者不会发生什么

时间的对望

当你再次出现在我面前时

才发现自己对于人生或许并未有过真正的绝望

当我重新牵起你的手时

才明白这世上或许也并没有所谓的真正的结束

而在彼此对望的时间里

也才终于意识到人这一生确实还是太短

关于过去

只好似在回忆中被随意翻开的一页页故事

那故事的结局里或许会有遗憾还带着几分伤感

但都同样的散发着被岁月淘洗后的温润色泽与绵长回甘

而关于未来

也许既没了那些莫名的恐惧

也没了一些徒劳的期盼

只是一心的想要拥抱生活将会给予的一切

而此刻

时间在此刻安静得好像就只剩下幸福了

并且还将要永生永世下去似的

卜卦

那年也曾摘下了红花

并在心中暗暗的卜了一卦

怕只怕这一片的痴心

终是逃不过命运与造化

他年也曾等在一抹斜晖下

等回归的大雁捎来重逢的音信

怕只怕那还未曾出口的想念

到头来却只等来阴影与乌云

如今那少年已终于长大

也曾披过了铠甲

骋过了战马

见过了繁华

历遍了冬夏

可心中唯独余下了一片的深情

犹如那道天边晚霞却终始割舍不下

而今对于那所谓命运的种种

他早已经不再害怕

且把那躲不掉的也都一并儿接纳

任世事无常亦或年月变化

愿只愿余生都能守候在那一片云下

昏黄的街灯

夜雨下的街灯

泛着古旧与昏黄的光

一束束　一行行

仿佛正向着记忆最深处试探与打量着

过往那些曾走过的狼狈与高光

还有一些的依恋与伤感

直到现在

有一些的问候仍似无处安放

有一些却也只能被珍藏在心上

于是才明白了什么叫作各安天涯

此时的灯光正和着雨点一同落下

淅淅沥沥　滴滴答答

也许五味杂陈才是幸福真实的滋味吧

也不知道已经走出了多远

暮然回首时才幡然醒悟

原来生命是来自于上天的礼物

也是老天给予我们的最最真切的祝福

后悔的事

总是抱怨自己付出的太多又得到的太少

后来发现自己竟连自己也不曾真正接纳过

总是搞不明白为何会被困在一个人或者一件事里

后来发现却是自己亲手构筑了囚牢

总是忿忿于自己似已倾尽了所有可结果仍是一无所获

后来发现其中说得上热爱与真心的时刻却是少之又少

总觉着这世上真正懂得理解与包容的人又能有几个

后来发现竟连自己也还没学会该如何去接纳与拥抱

回想起来

人这一生最后悔的事

或许莫过于

对美　冷眼旁观

对爱　无计可施

悲情城市

不知道是从什么时候起

连悲伤的滋味也都变得淡淡的

仿佛这座城市的清晨时常笼罩着的一层薄雾

而身处其中的人们也都沉浸在某种的宿命里

看似无意识地活着

更不会试图要去抵抗些什么

也许寡淡反而最终成为了生活的一味佐料

作为对于模式与僵化的一种卫护或屏障

叫人在潜意识中竟会莫名生出几分向往

或许人们一时也还并不急于要去了解什么

去了解一团迷雾更是无甚紧要的

毕竟那些种种关于人生的所谓大事

一早也已统统都被规划好了方向以及目标

接下来便只需用那酒醉似的忙碌充斥其间就好

或许　这一切早已是命中注定的

或许　会发现自身便是这出悲情的源头

又或许　就算知道了缘由也已经无力回天了

若真是那样的话

了解或者不去了解又有什么区别呢

惯性

已是多久没有像现在这样

安安静静地欣赏过一场雨了

此刻雨点儿敲击在窗玻璃上

时疾时徐

时间也仿佛跟着静止了似的

这其间关于我是谁

似乎也已不再重要

有时隔开一段的距离去看待这个世界

也许反而会愈加真实与清晰

就像隔开着我们的头脑与身体

抛开那些经久累积的、一直认同的

重新的去看我们自己

仿佛又回到儿时一般

也许便会发现那些时常怀抱的忧虑与恐惧

或是守着过去

或是想着未来

竟也不曾有一时一刻是真正地活在当下里

似这样无意识般木然地存活

时间一长便已慢慢地成为了一种习惯

故作勇敢

是谁曾经说过

就让错过的错过

让遗憾的遗憾

而此刻面对着镜子里的自己

却只想说

还好我们没有走散

一如星星总是陪伴着月亮

而我却只想要与自己的内在联结

曾经不能接受这个世界

正像不能够接纳你一样

而现在似这样的看着你

也像是真正与自己和解了一样

所幸我们终于已经长大

也已不再需要故作勇敢

当年那些口是心非的话

从此也都不必再讲了吧

需要世界为你做些什么

天上有太阳

风中有云

夜晚有繁星

山上有正在奔跑的牛羊成群

稻田里的谷秆正在抽穗

草滩边的溪水也在淙淙地流淌着

请告诉我

你还需要这个世界为你做些什么呢

当你走过泥泞与困苦

重新斩获那一份久违的自信与勇气

当你越过怀疑与彷徨

重燃起了对于生命的肯定与相信

当你一直孜孜不倦所要探寻的

也都慢慢开始变得愈加地清晰而坚定

当你最终成为了自己所向往的那道光

请告诉我

你还需要这个世界为你做些什么呢

同样的一件事

此时风儿正轻柔地拂弄着落地的纱帘

将它一会儿扬起在空中

一会儿又泼洒向水泥的地面

空气中流淌着同样静谧的音乐

那是一首古老的钢琴曲

在一种略带晦涩般的温柔氛围里

眼前不禁又闪现出了你的脸

那是一张仿佛写满了哀伤却又无处诉说的脸

也是你去世前留给我的最后的印象

那是关于死亡的记忆

仿佛还是头一次这样近距离凝视着死亡

才发现一直以来对于它的恐惧以及逃避

从未曾让我真正放下过你

直到当我开始意识到

也许生与死只好似一件事情的两面

又或是关于存在的两种不同的展现方式而已

譬如花瓣凋落后变成了肥料

果实熟落后变为了种子

它距离我们或许并不像想象中那样遥远

甚至于每天都在我们的身体或头脑中悄然上演着

好比是细胞的新陈代谢或是关于某个念头的起落

日复一日　年复一年的

是啊　也许你不仅活在你里

也活在我里

也活在千千万万个你和我里

这或许就是同样的一件事

关于生活的白描

有时生活也许更近似于一种白描

该流泪时流泪　该流汗时流汗

高兴了也可以在路边摊上喝着小酒唱起歌

仿佛天生就自带着一份的痛快与敞亮

也不必去害怕会被什么样子的明天给吞没

至少每一个今天要明明白白地去把握

甚至不用过度去思考关于爱与被爱的问题

因为那或许压根就与旁的什么人和事无关

那种甜蜜的情愫早就已植根于你的心底

也不必非得要明白什么才是生命的本质

又或是活着的意义

亦从未曾觉得在生命面前

人与人之间当真会有什么高低贵贱的区别

也许每个人都只需活出自身的那份美好

就像一朵花一棵树一样

这其中并没有什么大的道理可讲

简单到也可以直接将那份源于内心的甜蜜与满足挂在嘴角

也许生活到最后更近似于一种白描

平平淡淡　真真切切

就挺好

心中的山水

就让我为你画一幅心中的山水

没有跌宕起伏的云烟

也没有迷雾丛生的山林

没有高不可攀的峭壁

也没有险象环生的深渊

没有颠簸曲折的蜀道

也没有万夫莫开的雄关

许有兀自孤立的峰峦

和蜿蜒缱绻的甘泉与浅滩

许有蝴蝶翩翩的花海

和静谧幽远的清风与月光

许有醉人的鸟语花香

和明澈透净的一整片天蓝

就让我为你画一幅心中的山水

仿佛天地伊始最初的模样

殉道者的眼泪

为什么要流泪呢

毕竟无论是金钱还是爱人你都全部可以拱手相让不是吗

也不要再提什么信仰了

正是那所谓的信仰让你在一次次的受伤之后疗伤

此刻却在夜深人静的时候又现出一副可怜的模样

也许你只是自视过高而又天生胆小

所以才不敢跟这个世界去争去抢

也许你只是盲目自大而又缺乏远见

所以才会一味妥协与退让

也许你只是无知到竟会不懂得优胜劣汰适者生存的道理

所以才会去同情那些本就是无可避免的战争与伤

你又是哪里来的勇气与胆量

以为竟可以容得下这世间所有的罪与罚

既然狂妄如你

你啊你

此刻又是为了什么而流泪呢

又何苦非要选择一条无路之路

下 站

有时尽管还有着万般的不舍

甚至已是心如刀绞

到了该下站的时候

也还是要学会微笑着起身

认真地道别

然后坚定地转身

要学会直面自己的狼狈

然后再次勇敢

在这段生命的旅途中

或许还会遇到不同的风景与不同的人

为了不再错过

我们不再简单地只用喜欢或不喜欢来对事物进行划分

也学会了如何不带评判地去观察

只是观察

也许才能更加接近事情的原貌

然后让所有那些曾经经历的

或者成为一次美好的体验

或者作为又一次成长道路上的教训

让自己总是能够从中受益

而其中最难的或许也是最重要的

是要懂得在该下站时下站

这也是迎接下一场遇见的前提条件

就让过去的过去

如果的确无法再回到过去

孩子　别怕

不如就用一双手开辟出另一块荒地

然后重新建立起一个家

就将那些旧日的病痛与伤害都一并给埋了

让葡萄藤绕过记忆深处爬满在山墙与花架

让蜜蜂们重又聚集在一起酿出久违的甜蜜与芬芳

让一对新郎与新娘快活地在葡萄藤下舞蹈

如果实在没有理由再留下

孩子　别怕

不如就朝着你内心被召唤的方向出发

你要相信生命从来就是被祝福的

它是神圣的

除了你自己之外谁也无权代替你去完成它

请满怀虔信地走在生命需要你去完成的路上

如果一切的发生都已是无可避免

孩子　不如就让那些过去的都过去吧

你看　每天的太阳都跟崭新的一样

当他说起遗憾

从小他就觉着自己一定得活得漂亮

以致从不肯轻易的向谁吐露那深埋在心底的胆怯

也从不去抱怨那些委屈与不甘

脸面从来都是比性命还要重要的事

毕竟谁又不是为了生存或是一点的尊严

拼尽到最后一口力气才算

总是一边开着不合时宜的玩笑

一边却又强忍着眼泪直往心底里窜

一面恨不能向全世界昭告已经拥有的圆满

一面内心却又总是空落落的

竟不知道接下来该要去往哪个方向

直到身边的人也渐渐由熟悉走成了陌生

再到最终走散

直到每个夜深人静再想起时

竟已记不清楚当时那人到底长得是什么模样

有时不得不与现实短兵相接

有时看似咫尺的人却跟在天边似的

当他说起遗憾时

他却说

他以为自己曾经爱过

但到头来却也还是没能弄明白

所谓爱究竟又是个什么

沉默

那天　你对我说

你现在的生活应该算得上圆满

可却又说不上快乐是什么

我想　或许你心里仍还藏有些许的遗憾

于是我只好低头沉默

并不再多说些什么

那天　你对我说

面对着生活你还是非常乐观

但却也不再确定地去相信些什么了

我想　或许在那乐观里也还藏着几分的苦涩

于是我只好点头应和

并不再多说些什么

直到多年以后每当回忆起来

我想我那时应该要抱抱你的

好让你心里再多留下一点的温暖

又或是别的什么

原谅

有时　世间事或许难就难在

不是不能够去原谅

而是即便原谅了

也已经不再能够去改变些什么

既不能改变彼此从相遇到分离的轨迹

也不能改变那从相熟到陌路的命运

而在原谅了以后那疼痛也往往还要停留很久

这原谅或许更像是一种的懂得

懂得另一个人身处的困境

又或是他深藏在心口的伤

这原谅或许更像是一种的接纳

接纳了命运的无情与无常

以及人在面临不同人生阶段时的抉择与成长

这原谅或许也仍是因为了一种的爱

只是这份爱概括得

仿佛已经与某个具体的人或事无关了

而时间过得越久人也会越加明白

不愿原谅或许并不是因为那伤口还没有愈合

而是那份对于疼痛的记忆并不愿意就此淡却

像是害怕某一部分的自己被遗忘一样

再聚首

人生中最大的幸事或许莫过于

每当忆及往事的时候

时间总是会定格在那些彼此认为是最美好的瞬间里

而事情也往往结束在了也许是最应该被结束的时刻

于是内心清朗得仿佛已容不下哪怕是一丝丝的遗憾

就连曾经那些青春的迷雾

终也败给了所谓心与心交汇时互放的光亮

人生中最大的幸事或许莫过于

多年以后当人们再聚首时

竟仍熟络得像是昨天才刚见过一面一样

只字不提憾恨却又句句透着宽谅

仿佛老去的阴霾也终被这岁月的涓流静静地灌溉

就连离别时还隐蔽在心头的又几分不舍

也恰巧逢着路过的一阵清风

并都最终随风而散

会开花的云

又看了一天会开花的云
又想了几遍在心头的你
那分开时曾经说过的字字句句
在当时听着多像是个谜
而在多年以后才渐渐地明白
当时积压在你心头的疑虑与胆怯
也许至少那其中的真诚是不该被质疑的
而那时澎湃在我胸中的对于爱的渴望
现在想来却更像是一种的需索而非给予
如果当时便能明白对于一段情感的终结
你的失落也许并不会亚于我的
而你所感受到的挫败也绝不会输于我
如果在那时就能提早意识到
自此以后彼此之间有缘相见的每一面
都有可能是今生的最后一面了
或许对于这世间种种的因缘聚散

也会更加懂得珍惜一些

如果在那时就能够领悟到

在真正的爱中原本就只应有成全与接纳

会不会此后的因果轮转也便因此而改换了另外的方向

于是便再次默然地抬起头

又看了一天会开花的云

又想了几遍在心头的你

归家

当梦中的山水重又从门前伸展开流淌去

当那铺天的翠绿重新填满早已风干的心海

当所有前尘昨事已淡成了晨起的云烟霭霭

当我再次看见你

那张似已历尽千霜的笑脸

当我默默的凝视着那对

早已写满沧桑却仍似那般深情的眉眼

才终于意识到自己已经离开家多久了

从此

我也许还是可以去到任何所想要去的地方

从此

我或许也不再那么在意生命终将会抵达哪里

重要的是这一刻

是现在的这一刻

我终于回来了

你听见了吗

033

一程又一程

或许人们总是本能地想要去靠近

常常被认为是更为本质的那些

譬如只能通过内心才能感应到的某种真实

一份强烈到叫人暂时忘却了自我的爱

一种以敞开的心才能够遇见的美

亦或是那超越于时空的永恒与无限

在那途路中你或许也会因此而领悟

该要如何在平静中迎接一切的到来

无论是那些早已经注定的离别

又或是无可躲避的伤痛

并对于那个被叫作命运的东西

也终于的不再想要去抱怨些什么

或许你已经确切地明白了

那些所有的过往都正在

或必将会成全于你

直到蓦然回首时才发现

曾经的山水也已经过去一程又一程了

惑

到如今

这世上仍还有许多疑惑无从被解答

比如为什么越是在意的却越容易失去

越是试图靠近的越像在一步步远离

越是满怀期待的却越会快速地溃散掉

越是拼命握紧的越有可能到最后被搞丢了

比如人与人之间如何从两心相悦走成了形同陌路

如何从无话不谈最终走成了无话可说

即便是退回到那宿命的源头

一切该发生的仍像是注定的结果

不同的也许只是

现在的我们

已学会了对于那无解的因果释然

并明白了如何让生命尽融于当下

让一颗心

不住过去

不着现在

更不在未来

消融

正像一片云映入了天空

一片雪花没入了冬夜

一滴水溶进了江海之中

不知是谁说的

在爱中没有相逢

只有消融

正像怨憎消融于了解

痛苦消融于悲悯

嫉妒消融于欣赏

猜疑消融于接纳

恐惧消融于明智

而那种种的无明也必将消融于终极的智慧里

正像千万个你和我终于消融于生命之中

并最终消融于爱里

往事如昨

爱过痛过

哭过笑过

想往事历历如昨

有些事恍恍惚惚已不是当初的景象

有些事遮遮掩掩装作早已经被遗忘

有些事多希望重新来过然而没有如果

有些事铭心刻骨最后留下了些许遗憾

有的人不得不在中途就离场

有的人有幸陪着再走了一段

有的人已在他乡看着别样的风光

有的人只能被埋进心里悄悄地收藏

然而所有那些曾经经历的过往

终将凝聚成一段段烟火可亲的岁月

待到头发花白时再从头慢慢地讲

一种鲜活

如果生命本无意义只有鲜活

你是否还会甘心被困在原地

或是继续固守在头脑建构的城池里

还是就此冲破了眼前的束缚

尝试着往前再走一步

如果生命本无意义只有鲜活

对于欲望你不妨要的再更多一些

就让一颗心去靠近那无限与永恒的所在

直到将自我也消融到生命的整体之中去

于是整体也便成为了你

如果生命本无意义只有鲜活

那些看似结束的

又何尝不是意味着一个全新的开始

而那所谓的远见

也不再是着眼于某种形式或是某个个体

却是关于全部生命的融合与美丽了

歌不尽的山水

也不知是第几世了

关于你我之间的这场遇见

可无论再往回追溯多少遍

与你的相遇都还嫌太晚

而你的美

更是无需再增减哪怕一分

也似从来就不曾被看厌过一般

当落日将金晖洒下来　扬升去

犹如一种神赐的恩典

于是便又再添了一抹的深情

在那永世的峰尖

而我又该如何来形容

关于眼前这一切美的发生呢

此时在生命里

既有了苍劲挺拔的山峰

更有那山巅上诗情画意的香雪

那种美

让一切与自己有关的无关的

此时都已是不在话下了

徒留记忆深处那一汪湖水的青碧与缱绻

连同着一颗被融化了的心

又该用几生几世来将你恋

即使跳得出情执与轮回

又怎能舍得下这一段段山水间的情缘

劫！　劫！　劫！

最美

最美莫过繁花

一朵　一朵

在一面充分地绽放中

一面坦荡地谢落

正如同一段段生命之舞

缠绵婉转却又意韵悠扬

开在树梢或是开著墙角

从来自由的感觉便是最好

长在荒漠又或在那悬崖边

谁怕　谁怕

就用热情燃透这看似转瞬的生命

白的　黄的　红的　蓝的

定要将所有的色彩都一一试过

就尽情去尝试那种种关于生命的可能

在风雨中歌唱

抑或在阳光下舞蹈

不管　不管

不如就此抛开那所有的条条框框

并在成为自己后变得最美

一遍　一遍

必要牢牢地与这个世界拥抱

答案

事到如今

你是否仍还想要得到某人的一个答案

又或许你一早就已经明白了

那答案原本就只能从你自己身上被找到

当你真正地了解了你自己

也便会自然地释怀于其他人的选择了

有些时候

比起去弄明白一些表面的因果

又或者一些形似的缘由

曾经执着过的那些

也包括那一个所谓的答案

或许早已如同大梦一场并不再那么重要了

正好似云从来不会问风要一个答案

很多事情发生了

存在过

那存在本身要远比一个形似的答案

或者一个假定的结果

来的更加重要

事到如今

幸福也罢　痛苦也罢

就让那无常的尽归于无常

如同此时亮在天边的恰一道晚霞

孤勇者

你说

自己现在已经一无所有了

所以以后再也没有什么能够伤害到你了

分不清那话中更多是一种的绝望还是勇敢

说话时

身旁的一朵紫色的鸢尾花正在悄然间开放着

而此时的你

却似乎只想要一心地沉浸在自己的悲喜中

那悲喜显然已大过了身旁的一朵鲜花的美丽

甚至于是那造物的奇迹

有时不妨尝试着隔开一段的距离去看待这出

被称之为喜剧亦或悲剧的生活戏码

只要你愿意

你其实是可以随时跳脱出来的

然而对于一个正全然沉浸在自我之中的人

一些安慰的话也只好似隔靴搔痒一般

亲爱的啊

多希望你不要再像错过一朵鲜花的绽放一样

再去错过更多生命之中的美好

或许有天你便会突然明白

快乐原本就可以是无条件的

如果你允许自己的内心抵达那里

而当头脑静止时起点也即是终点

只道寻常

平生看过多少次叶落

才似真正晓得了叶子的快乐

生活有时看上去

是最幸福却也是最简单

是最真实却也是最平淡

阳光地里读书

桂花树下喝茶

只为着一种纯粹的理想

听一天鸟鸣

闻一朵花香

日子过得珍贵又恒长

不作企盼的只是在当下

不去追究的皆已为过往

管它天青亦或风雪

心中自有山海

守着生生世世的月亮

047

荒原狼

记得多年以前

你曾对我说

你可以忍受贫穷

但无法忍受僵死

无论那种僵死是来自于一种思想

亦或是来自于一份情感

你说　生命应当是流淌的

那时我想你此生或已注定了一世的漂泊

就像一只可怜的流浪猫一样

而当时的我却只是称羡于一些表面的潇洒

亦未曾真正懂得你内心的挣扎

更不关心那所谓生命中的真实又是指什么

也许我只是不敢要再深究下去

更不敢去直面隐藏在内心的胆怯与懦弱

于是便任你放逐在另外的路

一条自认为是绝然不同于自己的路

直到有一天蓦然醒来

突然发现自己竟像一头荒原狼似的没了皈依

不知道从什么时候开始

自己竟将不得不终其一生地通过掠取来喂养自己的恐惧

原来啊原来

从头到尾从真实中逃窜的那个不是别人

正是我自己

遥远的祝福

你知道

在这个世界的某个角落

仍然有着我最为殷切的期盼与守候

而这一刻

你却只想要应风而舞

或许你的爱

已再不会受限于任何的时空

或倚赖于任何的条件

它已成熟

深远宽广得一如那创造的源头一般

每当我抬起头看见叶子从半空中飘落

便能感受到它

我知道

那是你对我爱的表达

其实一切早已是如此

你便是我　我亦是你

于是我便将一粒祝福的种子埋下

并让那祝福犹如百花般绽放在春天

伴随你走过一年又一年

关于勇敢

你知道的

连死亡也只意味着其中一段旅程的休止

对于生命的探索

是原本就没有所谓终点可言的

而勇敢从来都是人身上最为珍贵的品质

尽管它常常还需要有明智辅佐在右

就像慈悲与智慧也常会相伴而生一样

关于那些个沟壑与险境

也多半只是源于一些早已陈旧的记忆

亦或是夸大其词的想象

就大胆地朝着你内心的方向

去探索那无尽生命的可能

那将是你唯一不会后悔的决定

就连宇宙都将会赞许

关于一段生命的自我实现

不信你就去仔细地看看

一只蝴蝶又或是一只蚂蚁

你定会由衷地赞叹于那造物的奇迹

而除此之外

我再没有什么别的祝福要送给你的了

一种明证

可以的话

我愿意臣服于那造物的智慧

毫无保留地交托出自己

并将由衷地赞叹于它在每一处的奇迹

就连那所谓命运的安排

我也会心怀感恩地一并去接纳

但只有一点

请允许我自始至终都保有自主的意识

在面临无论是何种的境地时

我都将做出愈加明智的选择

而在每一次

毫无疑问地

我都会坚定地选择在心中种下慈悲与喜悦

这即是我爱你的明证

道别离

也许真正的离别

从来都是悄无声息的

当我们在心中紧紧抱住那个泪流满面的自己时

或许便意味着关于过去的一切是真的已经过去

而那关于生命的另外的可能性

却也在同一时间悄然地展开了

如果有人试图拒绝改变

正好比徒劳的想用双手握住太阳

你知道的

明天太阳依旧会照常升起

对于那一切曾经的所思所想

不如从今就放手让它去

而在此刻的一片沉默里

也已经回复了所有了

但愿当我们再次开口说话时

已是走在了那条向往的路上

不尽的云

此刻望向天外不尽的云

那些曾经以爱为名的绑缚与伤害

那么多的执着与徒劳

那么样的情深与迷惘

不知在历经过多少次的轮回

与无数个灵魂的至暗时刻之后

终于抵达了这里

也许你又或我

从来就是属于这里的

似这样的天真又梦幻

一切竟好似生命初生时一般

轻如鸿毛亦或薄如蝉翼

正如同此时的云

再见时唯有云烟袅然

又似一场梦正在漫漶或消散

往事到此都已不必再提

人也像崭新的一样

或许看多了云

心也会同云一样的无限又宽广

等一场雨

等一场雨

在迎风飘摇的烟云中

可以不是为了想念谁

只是为了描画出那点点朴拙的雨珠的足迹

瞧一眼她的娇媚

全无躲闪地

一下便就击中在了谁的心里

等一场雨

在雾霭重重的山色中

也不全然是为了忘却谁

只是想领略那犹如快意恩仇般的淋漓与酣畅

一睹她的恣意与潇洒

优游自在地

叫人情愿将此生之所有全都付与这满屏青山

等一场雨

只为那个归来后依旧赤诚的自己

大梦过后

一场大梦过后

过去的是真的已经过去了

可梦中那人却仿佛千杯不醉似的

一一地谢过了

那些好似注定会被留在过去的人

以及那个只能凭借着好坏与对错

才能够作出分辨的世界

在梦里仿佛只能执着地握紧住一切

才能避免跌入贫穷与痛苦的沼泽

又或是那片头脑网罗的深渊

活着就不得不要小心翼翼

然而却从没有谁会去质疑这些

就像没有人会去分辨情欲与爱

那份战战兢兢也许是来自于远古之前

然后梦醒了

好似梦里也并不会真的担心

因为知道醒来不过是迟早的事

原来告别也只需要几杯酒的功夫

醒来后的人直觉得一身轻松

酒已尽　情已远

心也似被再次淘洗过了一遍

迟到的回答

还记得那年你问我

最想要的生活是什么样子的

记忆中那天没有一丝的风

天空现出透彻的蓝

我没有回答你

只是一心地望向远处

因为那时的自己也还没有一个确切的答案

也许年少时谁也躲不过对于未来的迷惘

以及面对不可知时的彷徨

记不得有多少次当站在人生的十字路口时

不知所措得只能与时间兜兜转转

一面积蓄着勇气

一面仍会在内心祈求那答案

如今的我多想要告诉你

关于什么才是那真正想要的

自己已终于想好了回答

那答案可以是关于当下

也可以是关于永远

只是人生却已经没有了如果

人这一生说长也长

说短其实也很短

接下来的路但愿我们都不要再错过

那些出现在生命之中的风景

也请允许我从此将那答案保留在了心间

向往的地方

每当感到无助的时候

常常会习惯性的将命运交托给时间

并且将自己真诚的希望裹藏在里面

然而随着年月的增长才发现

让我们从仰视回归于平视

从人云亦云到学会独立探究

从习惯了顶礼膜拜再到以平常心等而观之

在这个过程中

或许时间本身也只是头脑的臆造

它从来既不是起因

更不是那解药

一切的变化都只能源于我们自身的成长

然而岁月毕竟深情

时间也在生活的酝酿中

为人生平添了些许浓淡的滋味

多情的人儿或许总似这样

就算明知道一切到了终将归于虚空

也依然还会为那刹那的烟火而感动

而如今的我们

在说过了几次再见

又畅想过几遍永远之后

才终于鼓起了勇气去往心中真正向往的地方

不管怎样

不管怎样

既然都已经走到了这里

又岂有回头的道理

就将昨日留给昨日

将落日留在那片玫瑰色的霞光里

并将一片心也许给天地

不管怎样

既然都已经走到了这里

又岂有回头的道理

就将梦想都送给明天

用微笑迎来晨曦

就让我们沉浸在此刻与爱里

不管怎样

既然都已经走到了这里

又岂有回头的道理

既然人生避无可避

不妨就此敞开了心

对生命的奥妙一探究竟

理想之地

此时人站在那里

远离了一些表面的浮华

以及个人的悲喜

勇敢或许是源于已被驱散的对于死亡的恐惧

关于那些的贪嗔痴念也似念念消融不着痕迹

没有不满足

便不再四处需索些什么

自在像云

轻盈似风

那原以为会短暂易逝的

也都归于了永恒之境

没有暴力　更没有战争

在似那样的一片绝对的平静与融合中

于是生出了爱与喜悦

在那里

是否就是人们传说之中的理想之地

又或许

那地方其实早已经存在于你我心底

一些懂得

还记得你曾经对我说

看待生命时要乐观

而看待生活时要客观

年少时还不能十分懂得这些话其中的况味

而现在似乎多少有一些明白了

这世界或许美就美在

无论到什么时候总还会有像那样一些

想要种星星

和留火种的人

也总会有人做出一些看似不太一样的人生选择

正如同生活或许妙就妙在

它留在人心里的滋味总好像是五味杂陈的

而临了的结局却又像似命定的一般

或许生命本就是如此美妙

叫一切都显得那么生机盎然

却又有些意犹未尽似的

幸福的滋味

小的时候总以为

有关幸福的滋味一定都是甜的

像是被塞进嘴巴里的一颗糖果

和手中握着的一副玩具

以及那些好似无穷无尽的快乐时光

长大以后才明白

原来有关幸福的滋味其实是五味杂陈的

甜蜜中可能也有苦涩

满足中可能还有辛酸

只有那样的滋味才会叫人回味无穷

那快乐的感觉或许某天便会消失

比如曾经的玩具和糖果所带来的满足

而关于幸福的滋味

却更似一种的甜蜜

会被久久久久的珍藏于心底

甚至流淌在你的血液之中

直到某天当你终于发现

原来幸福还可以是无条件的

就在那与生俱来与生生不息里

看得见的与看不见的

看得见的

或许是时间日夜的流转

与头上新添的白发

回首时身后已走过了长长的路

其中还有几次所谓重要的转折与变换的关卡

看不见的

或许是被时间慢慢疗愈的疲惫感

与内心屡屡经历的转变

还有那云雾背后随时有可能破土而出的太阳

只有自己知道

只会有自己知道

现在或许是走在一条正确的路上

正朝着离心最近的方向

无论头顶那轮红日是否会出现

自己都将不再迷惘

不再倚赖

不再惧怕

也不论迎面而来的会是黑暗或是光亮

曾经所想

我也曾有过对生活的嗔恨与埋怨

怪自己生不逢时

怪事情的发展总是没那么尽如人意

也怪有一些的遇见不是太早就是太晚

我也曾经尝试过要去改变

试图改变命运的航向朝着自己所想的方向

改变面对生活的态度从苛求变得随遇而安

甚至改变自己去尝试着理解人与人之间的一样

以及不一样

直到发现无论是盲目抱怨或是一味求变

也许都不是最佳的立足方式

直到明白了要去了解与尊重世间万物自身的规律

直到将所有疑问与探寻的方向都回转到自己

直到在内心深处重遇那爱之光

接纳一切

转化一切

超越一切

请原谅

请原谅我的自私

我曾视你为这世上唯一　独特　无可取代的

并且希望这样的你是只属于我的

我曾坚定地将此命名为爱

却忘了你是属于你自己的

你属于宇宙天地

请原谅我的自大

我曾以为在这世上只有得到与拥有才是最重要的

为此我宁愿将自己绑缚于所谓的金钱与名声

并以此为中心在周围张罗起一张张关系的网

直到将自己深陷其中无路可逃

却忘了这个我其实并不属于我自己

而是属于宇宙天地

请原谅我的傲慢

曾试图让所有的人事物都照着自己的意志运转

并妄想着将自己之所爱凌驾于其他人之上

却全然地忘了

你给出什么

就会成为什么

而自己也早已经注定了会在不停地找寻中

不停地失去

问与答

曾经你问我

这世上有什么是确定无疑的吗

什么是不会改变的呢

那永远不会失去的又会是什么

为了回答你

我曾尝试着将自我舍弃

并试图以一种神圣的名义

哪怕自己到最后了无所依

到后来才发现那答案原本只在你自己心里

如果所有那些你以为属于你的

以及构成了你的

都不是你

那么你是谁

而我又是谁

如果但凡你脑中所能想到的都还不是那实相

也包括了你想要问的这些问题以及答案

也许正是在那"空"里才孕育出了一切的可能

释怀

就在此刻让自己暂停

抛开那些要与人竞争

以及必须要比其他人优秀的想法

你知道这些念头

从不会让你真正的快乐

你知道

所有加诸于他人的

同时也将加诸于己身

那些对于生存的恐惧

也是对于死亡的恐惧

而关于生命

也许我们是时候该要面对它了

就让生命犹如花开花落一般自然地发生

或许便能窥见那其间阳光雨露似的永恒

那心中涌动着的初始的爱意

会告诉你关于那一切的秘密

然后在一份绝对的平静中

你终将会释怀于譬如来自于哪里

又或将要去向何方之类的问题

一部关于智慧的学说

当时机来临时

就拼尽全力地去争取

如果还没有来

也不应对人生有所抱怨

懂得去拒绝那些不适宜于自己的

时刻照见自己的内心

也明白无论是关于哪一种的学说

都只能为你指明一个探索的方向

或是提供一个学习的契机

而自己的路终归要靠你自己去走

或许在走过了岁月

历过了山海之后

你会发现原来最想要探索的世界

其实是关于你自己

作为一种生命的存在

你的内在与外在

理性与感性

思想与情感

局限与超越

愿你能够好好地研读它

就像研读任何一部关于智慧的学说那样

善变

你说

也许人终究是善变的

也许时间可以冲淡掉一切

也许以后什么都不会再相信了

也许信仰什么的原本就是无稽之谈

也许人们追求的不过只是那片刻的欢娱而已

说话时

你眼睛一直看向前方

一个永远也没有我的方向

你知道

从前我就不敢奢望被你看见

现在就更不敢让你知道

在这颗心里始终藏着的是什么了

人总是善变的

要真是那样该多好

弄丢的自己

那天你哭着对我说

你弄丢了自己

就像曾经弄丢了我一样

我不知道该要如何去安慰

你知道为了原谅你

我也曾放逐自己在看似爱与痛的边缘

让自己颠沛流离

直到有勇气去面对

仍不时会隐隐作痛的伤口

直到认清楚出走和远离的那个

其实也包括了我自己

或许人并不会真正弄丢什么

说不定你现在的沮丧

也只是因为比从前更加靠近你自己了

你知道

有时人们会本能的害怕去靠近真相

又或许我们都一样

一直寻找或者遗失的

其实只是那个真实的自己而已

怕了

怎么　你怕了

你在害怕些什么呢

关于过去的伤痛不是都已被一一原谅

连同着那些旧的记忆也一并被清理过了

还是你担心它们仍会卷土重来呢

为什么现在的你居然变得不敢再期待了

还是担心对于人性仍会有不够了解的地方

你知道那恐惧本就犹如杯弓蛇影一般

还是其实都不是

也许你只是累了

不然面对着眼前满屏山野的葱翠

与江水的澄碧

而你却哭了

其实现在的你比任何时候都明白

一切都已经不同了

也许你只是被感动了

因为这个崭新的你

是时候该要重新出发了

转捩点

我也曾不止一次的遭遇过信仰的崩塌

挣扎着说不出一句话

就像被掩埋在黑暗的井道中

几近窒息却又找不到出口

不知道自己还能相信些什么

又唯恐自己什么都不敢再相信了

一面低头无力地看着那满眼的破碎

一面被一种钻心的疼痛揉捏着

而每当此时

却也许是最能体验及显化生命奇迹的时刻

要从中转化或者创造出什么

全在于你自己当下的选择

或许有天你会以一种全然不同的视角重新去审视它

你会终于找到那一种的确信

也许到那时你便会明白我现在其实想说的是什么了

遗失的美好

我曾经那么努力地寻找着

一种纯粹与极致的美

在浪漫的星空下

或是纷飞的雪夜里

在暖春或是暮秋

并借着那一缕月光祈祷

等风儿捎来关于你的一点消息

而仿佛是站立在世界另一头的那个你

看上去却总似那样的遥不可及

而现在

我想我终于找到了

那样的一份纯粹与美好

也许它早就已经存在于自己的心里

它或许从来就与任何人无关

不需要被寻找

也从未被遗失

而只是等着我们去发现而已

对与错

当你说

你错了

我看到那认错背后深藏着的勇气

而在爱中或许原本就没有什么对错可言

也许你只是被困在了对于对错的执着里

你应该明白

在那对错的纠缠背后

伤害恐怕仍将会继续

犹如键盘上的黑白键持续交错的弹奏着

而内心的声音却并不会因此而止歇

该要如何才能迎来真正的平静呢

我知道你亦在寻求那答案

或许是时候该要面对你自己了

去真正接纳自己吧

就让这一次

无关对与错

而只是关于你自己

就试着从这里开始去消融那些界定与评判

超越所谓二元之外也许会是一整片的天地

愿你

看着你正一步步打造着属于自己的命运

那意气风发的模样

仿佛看到了当年的自己

从两个互不相识的路人

到成为彼此的一种陪伴

谢谢你一直以来给予我的爱的回应

让我懂得了在爱里没有所谓的牺牲

无论是付出还是给予

爱都只会变得越来越多

你几乎从不向我诉苦

但我知道那每一次的成绩背后所饱含的汗水

你总是在我面前展现着对于生活的乐观向上

但我知道那积极的态度背后是你的挣扎与不放弃

知道吗　你总是在不经意间治愈了我的灰暗

以后成长的路

愿你能更有意识地去回应每一个当下

将命运牢牢地掌握在你自己的手里

怀抱着热爱继续勇敢地向前走去

而至于我是谁

你大可以不必再想起

应和

此时透蓝的天幕下

犹如棉花糖一般的云朵正在缓缓地涌动着

天幕底下簇拥着的是满屏青绿的山水

在那看似浅淡与浓烈的调和下

一切都显得这么的静谧又安详

像是某种无可取代的存在

亦或是一种恰如其分的美好

鲜活得又像随时会有一串音符跃入其中似的

现在的平静与自足是千金不换的

仿佛一整个世界都在自己心里了

你这样悄声说着

像是头一次读懂了自己似的

身旁的我默默聆听着

却又不知道该要如何去应和

也许能让人与人之间真正相连的

从来不是一段形似的关系

或是凭借着偶一时情起

如同此刻在一片自然的美景中敞开的你

与在同一片时空中静立并且欣赏着一切的我

仿佛已被渐渐融入在无数个的"你"与"我"里

在那生命的源头里

所有言语显然都已是多余的了

也没有人再问起关于永恒的问题

从这里开始

如果为了生存

我们已经让自己筋疲力尽

却又无法停止

那至少试着隔开一段的距离

去看待那个堆砌的自我

以及生与死

在每个夜深人静的时候

不妨留多一点的时间给自己

去抚平那内心的恐惧与伤

去再一次的忆起那些已被忙碌冲淡的美好

在每天醒来的时候

记得给自己一个微笑

再一个拥抱

人生也许并没有人们头脑中想象的那样宏大

爱也许就是从一点一滴流淌开来的

那么让我们从这里开始吧

就让一切如其所是

唯一的路标

你问我

为什么看似拥有了一切

却依旧感觉不到快乐

关于什么能让你快乐

什么能让你痛苦

什么会让你恐惧

什么才是你所真正向往的

那些束缚着你的究竟又是些什么

是你的思想吗

还是头脑呢

关于这些人生中最有趣

或许也是最费解的问题

那答案也只有你自己才会知道

你也许可以将它们暂且归咎于某个人或者某件事

但终究还是不得不从你自己身上去寻找

往自己的内心去探问

也许才是那唯一的路标

问

人与自然到底是什么样子的关系

是主仆的关系

还是原本就是一体的

情感的发生又是因为什么

是出于爱

还是出于索取与掠夺的本能

财富对于人生的的意义又是什么

是为了服务人

还是为了捆绑人

那技术的目的呢

是为了解放人

还是淘汰人

那么创造文明的价值又何在

为什么还是有无休止的奴役与战争

而人活在世上

是不是真的可以什么都不问

一种确信

这世上

或许有着千百种面对苦难的方式

但请永远不要美化苦难

人活着终究还是为了幸福

而不是为了痛苦不是吗

这世上

或许有着千百种面对自我的方式

但探询的路上唯有"真诚"二字

而对于真善美的追求形式或许也有千百种

但无论如何都是须被首要记在人心上的事

这世上

应对生命无常的方式也会有千种万种

但也必然存在着即便再经历千年万年

也不可能会变改的

关于人类心灵的那些可贵品质

这既是一种的确信

也是作为人的自信

新年的烟火

当新年的烟花再次的从头顶跃过

肆意地绽放着

仿佛时间也随之定格了一般

又似从一种极致的绚烂最终都走向了没落

也许时间的轨迹总是这么不由分说的

既不会刻意去忘记

也不会轻易地留下些什么

已记不清这是你走后的第几个年头了

然而却在这一刻

忽然好想要知道现在的你正在做些什么呢

此刻是不是也同我一样

也正在看着某处天空的烟火

也许随着烟花一起纷落

然后逐渐走向消散的

还有记忆中的你和我

人活的是一个过程

而不是一个结果

还记得临走那天你说

左右为难

总也想要弄明白

在面对着内心的理想与热爱时

每每让人举棋不定的那些究竟是什么

是出于一种本能的胆怯

对于未来或不可知的疑惑

还是对于眼前利益的计较与取舍

也许人们只是习惯性地会更加的相信

那些在权衡利弊之后的结果

又或许人到底害怕的只是一场的赴汤蹈火

是那种在爱中的不顾一切

便连带着对爱也开始惧怕起来了

于是渐渐地

又好似永远地

活在了某种想象的安全里

从此宁愿在一种看似左右为难中一无所获

既不再坚定地相信

也不再坚定地不相信什么

感同身受

生平也是见过一些极致与美的

比如向晓天青处留白的云

寂寞黄昏里一缕的孤烟

泼洒向天际似不羁的落霞

还有明如朗月初照般的雪

又比如晨起时无由的喜

爱意盈满后的空

心念臣服下的明

夜色屏息处的静

以及天涯尽头那一线辽远

每当此时你总笑我太痴

我却嗔你不懂

这世上最难得的

或唯有"感同身受"四个字

夏夜依旧

每到夏夜

总会让人充满了怀念

那燥热的蝉鸣

肆意的花香

坦荡的晚风

与天上一轮仿佛无可遮拦的月亮

于是在有萤火虫舞动的夜下

叫人莫名地期待

又会有着什么样的剧本将要上演

只是在那以后

人们又自顾自兜兜转转了好些年

然而夏夜依旧

所以

想念依旧

年轮

每天清早醒来

世界也像是重新又活了过来

人生也好似崭新的可以再活一遍

感受着自己的每一口呼吸

都与这个世界美妙地相连

这感觉真好

热情自有热情的浓烈

平淡也会有平淡中的几分真

不知你是否也有认真地想过

要如何来度过这每一次春去秋来的过程

又该怎样认真地刻画下岁月的年轮

但无论你正在做着什么

愿你都能投入的活在每一个当下

去感受

那阳光铺满的清晨

与沁入人心的花香

活着

爱着

并且终此一生

等

等

等什么

等凤凰花开在三月

等一场白了头的雪

等

等待更多的实相终于被发现与了解

等一片尘嚣尽头久违的平静

等

等千帆过尽后

生命里头的一个笃定的相信

等一份永久的承诺

等

在这场等待中

连同着一并被消融的

或许还有那个总是急于想表达些什么的自我

谜

看见了吗

看见了

看见了什么

一整个世界

此时风正吹向无边无际的空中

雪也下得越来越大了

没有遮掩

那么笃定

川流似的人们仍在不停的从身边经过

但却从未曾停留

那一张张的笑脸

仿佛是一个个尚未被解开的谜

四周的一切都静得出奇

像是某种本质正在被揭开一样

也许在这世上

仍有着太多

看得见的

与看不见的谜

相同与不同

两个人之间最大的不同或许是

当他们说起幸福的时候

一个人说的是一时

而另一个人想的却是一世

当他们谈论生活的时候

一个人想要表达的是自己的感受

而另一个人却正在关注着他人的看法

当他们感到孤独的时候

一个人苦于无法获得更多的理解

而另一个人此时却是一心只想要独处

当他们沉默的时候

一个人还沉浸在当下

而另一个人却已默默完成了对于未来的规划

那相同的又会是什么呢

也许他们都是一样的被困在了对于自我的认知中

并且还会时常面临着挣扎

过去对于他们来说

都是一样的回不去了

而关于现在呢

也是一样的

他们或许都一样的停不下来了

直到某天不得不停下来为止

那些为了自己而做的事

除了生存之外

你还想为自己做些什么呢

想去走一条充满好奇但却人迹罕至的路

以一种朝圣的心情

想去亲眼看一看通常只能从旁人口中听说的风景

带着对造物由衷的赞美与崇敬

想去做一些内心真正热爱的却还未敢去尝试的事

像一只初生的牛犊一般

还是想要去爱一个年少时绝对不敢去爱的人

以一种前所未有的勇敢

或许都不是

你回答到

也许到最后我只是想要成为一个快乐的人

想要拥抱每天初升的太阳

就像它随时都有可能会消失那样

想要闻一闻窗外绿地上的一朵野雏菊的花香

就像生命中无数个的第一次那样

而每当我闭上眼睛时

便能感受到那个仿佛是生命与爱起源的地方

我怀念的

我怀念的

是大雨中的奔跑

是在星辉下放声的歌唱

似那样无所顾忌的大哭或者大笑

仿佛一次次地重新与生活爱上

是在成堆的谷垛上打盹

看饱胀的稻穗一点点地下垂

像是一不小心就会笑弯了腰

仿佛日子在眼前也都连成了金黄的一片

是听鸟儿纷纷地在枝头啼叫

是田埂间突然奏起的蛙鸣

还有风中带来的阵阵花草的甜香

仿佛一颗心也跟着沉醉或是苏醒

是听清成碧绿的溪水潺潺地流淌

看幽深的水面倒映出一轮冷月当心

而大地也跟着睡着了

只剩下寂静

那冥远中仿佛整个世界也随之变得透明

我怀念的

也许终究还是那些

在晴空下

晒着太阳

无话不谈的日子

请别再问我为什么

为什么

为什么每当站在人潮拥挤的街头

却会感受到前所未有的孤单

为什么一边喊着累

一边却还拼命咬紧了牙关

为什么看似得到了一切

感觉却仍像一无所有似的

为什么总是在夜深人静的时候

想念起一个人的远方

为什么

为什么分明有着那么多的不舍

却又一次次地选择了不告而别

为什么任凭一颗心在风中战栗

也要面朝着太阳升起的方向

为什么明知道会害怕

脚步却从未肯停下

为什么

为什么当记忆里的歌再次响起时

眼泪却已止不住地掉落

为什么直到最后

也没能开口说爱

为什么

请别再问我为什么

好吗

未必

天空未必就是蓝的

够鸟儿飞翔就好

花儿未必都是红的

努力绽放就好

月儿未必总是圆的

有盈有亏或许也是一种必要

一头大象也未必就比一只蚂蚁更快乐

各安其命勇敢地活下去就好

眼前那个看似一无所有的人

也未必就不比其他人更懂得生活的真味

一切未必好的

也未必就是不好

一如现在的你

你以为的这个你

也未必就是真正的你自己

尽管去爱吧

用心的去感知更多的美好

像这样就好

或许谁也不曾真正参透过这生命的奥妙

桥

你要找的

或许是一座可以通往人心底的桥

好在夜深人静的时候

去聆听那些深埋的心事

并读懂其中的悲喜与苦乐

你要找的

或许是一座可以为人挡风遮雨的桥

好让他们安全地度过

那些一生中必经的晦暗与窘迫

你要找的

或许是一座屹立于生命之境的桥

好在那些看似穷途末路的遭遇里

发现生命永远还有着另外的可能

你要找的

或许只是人们记忆中的一座桥

那一座彩虹桥

好让灵魂即使在饱经风霜之后

依然能保有最初的那份纯真与美好

也许你其实并不是在寻找

而只是想要成为一座似那样的桥

见或不见

这世上有一种的遇见

是走你走过的路

看你看过的风景

而我们或许将永远也碰不上面

你的人生经历里可以并没有我的出现

而你的悲喜却已永远与我相关

你甚至从来都不曾听说过我的名字

但请你相信

其实我们已经认识很久很久了

在你不经意间翻开某本书的时候

当你听到某一句真言的片刻

或是在你聆听着自己内心的当下

又或者在某一个人生的拐角处

我们也许早就已经见过了

往往

往往是那些还没有说出口的话

总会叫人想了又想

越是最在意的那个人

越是患得患失不知道该要如何去靠近

往往是情感里头那一袭留白

却反而越容易窜进人心里似的

往往是在人越多的时候

却越容易感受到孤单

越是想要握住些什么

越是容易迷失掉方向

往往越是在志得意满的时候

却越加清晰地意识到失去的究竟是什么

越是自以为是

就越是容易与自己错过

而往往也是在转身以后

才明白那真正值得珍惜的又是什么

往往啊往往

人往往是在那些个伤痕累累里

才终于读懂了关于生命的真相又是什么

错过

有时人生或许难就难在

无论你做出怎样的选择

也都同样的会有遗憾

重要的也许不是你最终选择了什么

而在于你会如何做出选择

就好像重要的不是你最终活成了什么

而是你会选择以何种的方式活着

是自由的　洒脱的

或是矛盾的　挣扎的

又或恐惧的　怨愤的

还是也许曾经以为是命定的那些

到头来却发现都不过只是因缘和合

毕竟这世上并没有那么多的无心之过

而一切的因缘和合也都大可以被放过

但无论如何

那些错过了的

也的确是已经错过了

而海棠即使错过了春天

也还会在秋天开落

当记忆褪却后

记忆如同滚雪球般的

在时间的沉淀下越积越厚

间或消融

有些到最后终于是了无踪迹了

只是一颗心仍还透明着

倒映着一时的喜怒哀乐

叫人或傻笑　或流泪

那感觉时而如朝霞般

在绚烂之后消融隐退

时而却好似涟漪

从温泽含蓄里扩散开去

但最终又都落入了一片平静的深处

不着痕迹似的

曾经以为是那么炽烈的

却在一阵阵灼热过后

也只如同冬日里口中呵出的一团气

伏在玻璃上等待着温热退却

只剩下一颗心却是终始透明的

这时 想不起是谁曾经说过

在真正的爱里

没有恐惧与忧伤

纯粹的爱犹如永恒的篝火

不必再流浪

如果你总是回到同一个地方

也许只是因为你从来就没有真正离开过

我说的不是这里

或是那里

而是在你的心里

你是否曾抵达过内心那个最想要到的地方

是否已看过了此生最想要看的风景

那必是每个人性灵深处

最为温柔与恒长的所在

直到你的笑容或是眼泪

都已不再只是为着自己

在那以前

你或许从来都没有认真地想过

所谓"家"对于一个人来说

究竟的意味着什么

而在那以后

你便知道了

你知道自己从此再也不必流浪了

临渊

你哭着说

不知道该以哪种的面目来面对这个世界

又是否有人会真的喜欢

其实或许哪一面的你

都是你

也都不是你

不如试着去看清它

并且完全接纳它

不如纵身跃下

去无限的靠近那个真实与永恒的所在

当你凝视着深渊时

深渊也正凝视着你

你知道的

能够困住你的

从来都只在你心里

与自己恋爱

从今天起

我要向全世界大声宣布

我与自己恋爱了

并且从我爱上自己的那一刻起

我也一并爱上了身旁的一草一木

连同天边的那一朵云

而在这个故事里

既没有罗密欧与朱丽叶

也没有灰姑娘或者白马王子

既不会在回忆里依恋过去

也不再倚赖任何关于未来的幻想

更不需要一切所谓的界定或者评判

她就只是乘着风

去往任何她想要去探索的方向

在她身后是一整个的世界

而她却只想做自己的王

她会将眼泪串作露华献给月光

又用笑容浸染朝晖涂抹在大地上

她会将生命自身当成信仰

并尽情的朝着心的方向

从此这故事就只是关于爱

以前的我或许还不曾懂得一眼万年的意思

直到在生命的深刻里领会到爱的本质

这一切或许从人类出生以前即已开始

生命永恒在流淌

如果人生真有所谓宿命的话

那么在那宿命里

结束是否也即意味着新的开始

正如同死亡也许是另一种的再生一样

在此生最深刻的相遇里

也已蕴含了离别时刻的在所难免

与其坐等着最后的结束

不如在现下的每一刻里经历生死

去感受生命瞬间的起灭

而关于花落的原因

在花开时即已得到了昭示

于是这一次

我便不再去追问

叶落时亦不再哀伤

只听任生命于起起灭灭间永恒流淌

命定的相遇

在一个有着白色玫瑰盛开的夜里
好似突然间明白了
或许我们只可能以一种方式遇见
那是当一份完整遇到另一份完整
当一种永恒遇见另一种永恒
当无知渴求着无限的真理
当虚空里涌现出蓬勃的爱意
直至合一
直至没有你
亦没有我
在那场相遇里
一切只有命定
没有如果
既没有开始
也没有结束
最后只剩下星辰大海
作为对生命永久的礼赞

邂逅

如果没有见识过大山的磅礴与原野的辽阔

我或许仍然没有勇气告诉你

当初离开的缘由

如果没有经受过那些背叛与诋毁

也许我就不能像现在这样坚定地回答你

其实我从来都只是我自己而已

如果不曾在月光下的神湖岸边泪流满面过

我或许仍还不能彻底地明白

自己也曾深爱过

并且至今依然还深深地爱着这个世界

如果不曾忘情于绿叶在阳光下恣意地闪动

我或许也还是无法领悟

原来令人感动的从来都只是生命本身而已

如果不曾静穆地守候过一团篝火的烬灭

我或许也无法真正感受到这颗心

从此将会为了那一片永恒的宁静而跳动

你知道

关于这一切总是在自然而然地发生着

无论是想要去的地方

还是想要见的人

抑或是一场命定的邂逅

或早　或晚

触手可及的美

你究竟说的是哪一种的美呢

是阳光照耀下菩提树叶汹涌的绿意

还是远处大山深处濛濛的烟雨

是与大地终始联结为一体的感动

还是蝴蝶于翩然间应风而起的惊喜

而又究竟哪一种的美

才能配得起这永恒变幻的四季

但我此刻

却只想像这样注视着你

感受着大树正深深地扎根于土地

并誓要同阳光　雨露　微风

以及所有的一切长在一起

对于过往以为的那些分裂与破碎

从此便将只字不提

像这样感受着美

原来竟是这样触手可及的

臣服

是否这一切的发生不过只是徒劳

曾经刻骨铭心爱上的人

也会在某天经历撕心裂肺后离去

曾经用肝脑涂地所换来的

也许在一夜之间又重回一贫如洗

或许人这一生本应值得的

远不止为了生存而拼杀

而苟活

而我又究竟是谁

为了什么而活着

人心之间又是因着什么而靠近的

而那个可以消融掉一切的

所谓无限又是什么

究竟什么是永恒

它是否真的存在过

而从努力活着

到作为一种充满爱的存在

关于这一切的转变

是否是从人们终于意识到自身的完整开始的

从此缴械投降也不再是因为懦弱

而是因为一份真正的懂得

并终将臣服于这生命的伟大与恩泽里

朝圣之路

有时也会笑你的傻

爱都爱了又还在防备些什么

这世界就像是从万花筒里看风景

而最美的却始终是你心里的那朵

有时也会笑你的笨

走都走了还在惧怕孤独么

这世上朝圣之路何止千千万

而最近的那条却必得要向内心去寻找

有时也会笑你的痴

心都碎过了还会有什么不舍得的

明知道到头来没有什么是真正属于你的

而此刻

却还忘情地投入在一些什么呢

此时的你

扮演的到底是主人还是过客

又究竟想要活出怎样的人生呢

遇见博卡拉

此时街道上摩托车的轰鸣声昼夜未停

仿佛是某种被撩拨的欲望

又像是一种的呐喊

振聋发聩一般

博卡拉　博卡拉

人们或许从未曾停止过向外征服的脚步

从出生到死亡

仿佛随时还会卷起硝烟弥漫

如同眼前不停修建的公路正在掀起的尘风灰浪

可也不知为什么

有一种静谧

却像始终贯穿其间似的

它或许是来自于雪山与圣湖

又或是来自于人们心上

像一种的底色

亘古不变一般

并拥有着穿透一切的力量

沙扬娜拉

是否越是深刻的爱

越会在表面轻描淡写

越是深厚的祝福

越是好像说不出话来

不如将想念寄予来生或前世

也好让今生了无牵挂

而告别的话也总似说不真切

一如遗憾一般有口难言

也许在一个眼神里

亦或是一个拥抱里

早已经述尽全部了

你

还好吗

你

要好好的啊

沙扬娜拉　沙扬娜拉

今夜心澄如海

在一个心澄如海的夜下

我们安静的聆听着彼此

那些若有似无

如泉水叮咚般的心事

这感觉好似长大后

仿佛才第一次读懂了如饮甘霖的意思

一切都似这样的寂静

只有篝火旁那一双双间或闪动的眼神

与夜空中一片星光的明澈在无声的应和着

就这样好似永不知疲倦的

有一句没一句的聊着

一些有关天地

又或是无关四季的话语

就连晚风也好似忍不住了

不时偷吻起鬓间的一朵无人问津的野花

仿佛期待着它能再次绽放

没有人问起关于明天将会去向哪里

又或是那些也许早该被遗忘的

如临深渊的时刻

在这个仿佛是云与海的尽头

路标或是终点都已经失去了那所谓的意义

只剩下一滴泪带着祝福滑落似流星

连同着燃动的火光一道融入

并最终沉没在了这心澄如海的夜下

不可道之境

听一夜的风

候整宿的雨

看凤凰花吹开

更迭落了几沓

又任月光倾泻

再伏满了一地

携半生故旧

遇一朝新知

贪赏一春桃红柳绿

夜下借酒揽月

别后捻花问佛

尝遍世间冷暖炎凉

参尽天地一切有情

归来　无晴亦无雨

无我亦无你

生死全看淡

凡此种种

皆可谓人生中不可多得之境

除此之外更还有那

譬如静处听音

空里问心

种种不可道之境也

显而易见的事

当一段感情终于落下了帷幕

那裹挟于其间的需索也暂且告一段落

尽管我们曾经用了太多的修饰与比喻

去描绘比如彼此相遇时的时间　地点

当时一首歌的名字

但那内心的空白

却似一种孤独的感受

终究还是无法掩饰的

这或许本是显而易见的事

就像改变也每每是从人先了解自己开始的

当我们不再为爱附加上某种的条件

亦不再限定于某个具体的人物或场景

当我们终于消融掉自身的局限

达致合一

当爱不再是出于一种需索

而是一种分享时

也许一切才算真正的开始

而生命也从不仅是关于一场风花雪月的事

而你就像我一样

喜悦就像

清晨睁开眼睛后见到的第一缕阳光

毫无防备却在瞬间便盈满了你的心

甜蜜就像

冬日里吃进嘴里的那一瓣蜜桔的甘甜

无法言说却又心满意足似的

温柔就像

月光铺满在幽僻的乡间小路上

令整个世界看上去杳远又恬静

快乐就像

在夏日的一场大雨里奔跑

热情高涨得仿佛不断翻涌的气泡

安稳就像

微风拂过宁静的湖面

而水下满是深不见底的静谧

思念就像

黄昏的屋檐下一尾的马灯

映照出的一道道忽明忽暗的剪影

忧伤就像

山谷间的晚风偶尔递送来的

断断续续的呜咽声

而乡愁就像那无边的麦田深处

一条条弯弯曲曲的小径

一直延伸向远方

而你就像我一样

而我们就像是与万物生长在一起一样

也许幸福就似这般

仿佛正品尝着生命不同面向的丰美与馨香

四月的蓝花楹

四月里迎来了如迷雾一般的蓝花楹

仿佛刚刚从一片睡梦中被唤醒似的

一团团看似亦真亦假的幻象

又像是从画布上不小心被泼洒出的

一片片蓝紫色的晕染

这一份独属于四月天里的浪漫

让似你我这般终日奔忙于凡尘琐事的人

也像是一不小心跌入了童话世界里一般

此刻只愿和夏风一起

醉在这片蓝紫色的梦里

在这一切关于美的感受中

现实与梦境之间似仅有一线之隔

而刹那与永恒也只像在一念之间

如同这一树树在心中永不凋谢的

蓝花楹！

蓝花楹！

一个有雾的清晨

每天都想要重新再爱这个世界一遍

有时是因为一阵晚来的风

有时是因为一场及时的雨

有时也许仅仅是因为云朵又变换了新的形状

有时则是完全没来由地

直想要把最美好的自己呈现给这个世界知道

至于自己究竟是谁

来自于哪里

过往又都经历过一些什么

还有那些曾经一度认为甚至是生死攸关的事

也许全都已经不再重要了

这改变

大概只是缘于今早山谷间笼罩着的

那一层美得叫人说不出话的薄雾

而关于生命

关于种种那些看似的失去又或得到

此刻还会有什么样的疑问吗

当你遇见了一个崭新的自己

在一个仿佛是崭新的世界里

叛逃

谁还没有趁年轻的时候"叛逃"过几次

坚定地拒绝一切的口是心非

那些心不甘情不愿的事

最好是连开始都不要开始

管它花样美男亦或黄金万两

也许内心真正想要的

从来都只是关乎于那生命的真相

所以请别一面身在囚笼

一面还要大声嚷嚷着自由无价了

看　路就在你脚下

一颗心是否已经准备好了出发

生命的国度何其广大

就只管朝向那未知进发

去一探究竟

将热爱当作引擎

用好奇摇动船桨

鼓起勇气的风帆

并始终听从着内心的指引

相信我

它必将会为你呈现出那无穷胜景

好一朵迷人的生命之花啊

就让它尽情地绽放吧

只是在过程中要记得

不妨优雅地与自己以及这个世界彻底和解

毕竟谁又没有趁年轻的时候"叛逃"过几次

你会终于发现

这世上有一种的成功

或许是活出你自己喜欢的样子

实现那内心真正的自由

醒来

当清澈替代了疲惫

当投入替代了疑问

当你醒来在一个明媚的早晨

当耳畔送来一阵阵悦耳的鸟鸣声

仿佛时间已经从身上淌过了千年万年

而此刻只似被一种的深情围绕着

过去的确已成为过去

似已无展开的必要

而未来亦已被内心的确定所占据

就连幻想也没有了

生命仿佛唯有深爱着的这一秒

与窗外满屏温柔的绿意

还有那温暖而广阔的大地

此时全都紧密地联结在了一起

直向那片无限与圆融延伸开去

许久　在将自己清空之后

一道阳光直射了进来

平凡如歌

一生中究竟要度过多少个无人问津的时刻

到最后却也还是会被人一笔带过

一直小心翼翼地告诫自己

要比其他人更加努力

毕竟幸福得来从不是轻而易举地

也曾幻想过会被某个人坚定地选择

到最后却往往都是阴差阳错

总以为自己已经竭尽全力了

但结果却仍是差强人意的

有时候感觉也许一秒钟也无法再坚持

可咬紧牙关便又是一天过去了

每每告诫自己要懂得知足常乐

就让委屈和着泪水直往肚子里头咽

毕竟谁还没有过一些悲伤是藏在心里的

谁又不是在跌跌撞撞中向前

在孤独中尝试着与自己和解

在遗憾中学会了珍惜眼前

在痛苦中看清了一些妄念

直到拨开云雾

终于瞥见了那一小半面天

也许人这一生

更像是一粒种子

只有足够敞开

并且全然地接纳

只有用每一次的破壳而出

才能迎来生命中那些全新的可能

而平凡如我　如你　如歌

远离的真相

或许只有当你真正意识到自己的无知时

才会再一次发现生命的有趣

并开始欣赏起一朵海棠花盛开的样子

或许只有当你真正感受到死亡已迫在眉睫

甚至就在一呼一吸之间时

才会想要认真去了解关于此生之所爱

并开始彻底将自己投入在生活里面

或许只有当你真正懂得了自己与世间万物之间的联结

才会停止一味向外取索

并开始感激起每一棵花草树木存在的意义

或许只有当你真正了解到自身之于宇宙的渺小

才会最终学会谦卑的活

并开始平等地看待生命万象

或许啊或许

一直以来我们都只是习惯于活在自我的世界里

却离得真相越来越远了

悬溺

也许人有时竟会是自己将自己推入悬崖的

而那些在当下认为是不得不做的事

或是不得不做的选择

也终将会成为每每回转头时

被拿来反复咀嚼与回味的谈资

也许并不是因为它本身有多么惊心动魄

而只是因为当时的那个自己

那个看似勇敢　无畏

仿佛依旧还年轻着的自己

大多数时候人们的喜欢与不喜欢

其实都并不是因为某个具体的人或事

而只是因为身处其中的那个自己而已

所以被困在其中的也是自己

也许有时我们只是被困在了那些

看似一成不变的喜恶

与对这个世界的评判里

先去看见

当你有一天真的可以看见

人们在生活中每每需要面临的那些

挣扎　妥协　委屈

甚至是愤恨时

也许只有到那时

你才能真正理解"悲悯"背后的意思

你也许会由衷地钦佩于他们对于生活的死心塌地

同时又会心疼起他们时常的身不由己

对于命运的安排总显得那么无能为力

既感动于他们对于明天的深信不疑

却也害怕看到在那些梦想破败之后的心碎不已

即便死亡的终点早已经注定

你却仍能够看见他们在面对生活时的孤注一掷

并且是痴心不移

即使是在最最绝望的时刻也依然会咬紧着牙关

绝不轻言放弃

然后你或许会明白

什么才叫生生不息

每当你急于想要否定或批判些什么的时候

答应我　先去看见

想象中的

我想象中的爱

是绝不需要去质疑一些什么的

你知道它会是包容一切的

我想象中的美

是绝不需要去比较一些什么的

你知道它就是独一无二的

我想象中的信仰

是绝不需要去区分一些什么的

你知道它将始终是合一的

我想象中的自由

是绝不需要去否定一些什么的

你知道它应该是无条件的

我想象中的世界

是绝不需要去挣脱一些什么的

你知道它就是一整个的

我想象中的你

是什么也不需要说的

因为我知道你就在那里

触及

喜欢是因为能触及生命

所以请不要再继续停留于一切的表面

无论是那疼痛的表面

亦或是爱的表面

哪怕会让自己绝望

甚至疯魔

就让那个所谓的自我彻底地消融其中

然后才会死而复生

可以的话请给出你的全部

全然地投入于生命之中

就让灵魂被晒透

然后再聚集起光

请相信我

在照亮自己的同时

你也在照亮着别人

被叫醒的早晨

听　夏虫们又开始鸣唱了

那声音像是要叫醒一个新的早晨

一个有着凤凰花盛开的早晨

让你也想要将自己也融入于其中

化作一声声清脆的鸟啼声

加入到这支生命的乐章里

你从不需要低入尘埃

你或许正是来自于那里

你是花　是草　是鸟　是树　是风　也是雨

你就是生命本身

现在就请静下来聆听

因为只有一颗安静的心才能够有所领悟

听 —

它在说

此刻请消融在爱里

请不要相信

如果现在的你早已不再轻易去相信些什么了

不如就再彻底一些

连那个头脑垒就的"自我"最好也别再去相信

不如就回到一切的源头

让生命的意志通过你而绽放　繁茂　美丽

或许这世上原本就没有那么多的"应该"

或是"必须"

你会最终找到那件想要用尽一生去完成的事

去过一种真正的没有冲突的生活

没有比较　没有计较

甚至也没有缘由

你会重获内心的自由

正好比花儿总会绽放

鸟儿总会飞翔

静默时

此刻多想像风一般的轻盈

像云一样的自由

世界看上去也像是一望无垠似的

从此便再也不必陷入那思想的泥沼

以及永不休止的二元对立与纠缠里了

当一切静默时

时间也似一不小心滑入了永恒一般

静处里

莫名响起了寂寂的虫鸣声

那声音仿佛是与生俱来的

世界于是也被包裹

并最终联结成为了一个整体

一个充满了爱与温暖的所在

平展的蓝天

和缓的流水

轻柔的草地

与刚巧停落在一片叶子根部的彩色瓢虫

在这一切里

没有冲突　没有疑问

只剩下内心平静而深远

良久以后

似有一个声音在问

关于生命的美

现在的你已经了解到些什么了吗

了解自己

也许你并不是真的想要反对些什么

你只是厌烦了每每被夸大的事实

以及从那些事件背后被过分解读的意义

你只是想要表达对这个世界的在意

也许你也并不是真的想要去批判些什么

你只是想躲开那些看似没完没了的

被过度渲染的教条与主义

你只是想要看待事物如其所是

也许你也从未想过要真的放弃那心中所爱

只是一颗好似永远也无法被填满的心

总会在每个午夜来临后让你辗转反侧

你只是不明白为何这颗心仍然好似无处安放

孩子　关于那答案

你或许并不需要跑到满世界里去寻找

也许你需要了解的从来都只是你自己而已

那些你曾经以为会是自己全部所爱的

是否同时也还附加了一些的条件与限制

那些曾被你定义为人生中的不完整或缺憾的

是否也只是因为你还没能认识到生命的本自具足

以及究竟什么才是真正的完整

孩子　请试着去懂得生命中那些尚未可知的

也许你便会最终了解你自己

一个人的圆满

看得见的世事轮转

看不见的岁月流长

白云总有月儿陪伴

流水尽头也常伴着落花香

然而在这世上即便是一个人

也不会真的觉得孤单

独处时

感受着爱其实无条件

无限制

听　耳畔经过的风声递来了燕子的问候

内心的阴霾也总会被阳光晒透

风干　消散

最终都融入到那爱的源头

教你领会空即是满

或许你本就来自于那里

而此刻的你

正一面欣赏着夜色的浓淡

一面享受着一个人的圆满

那些未曾改变的

也许只有当一个人经历过撕心裂肺

才能真正懂得其他人的千辛万苦

生活里面的左右为难

以及无数次的百转千回

那些变了的不变的都有些什么呢

坚定的是否变得愈加坚定

坚持的是否也更加坚持了

而现在的眼泪又多半是为着什么呢

是心酸的时候多些

还是感动的时候反而更多

而你口中的美好呢

也许在心底里不得不承认

当初的各安天命竟是上天最好的安排吧

可你还没有回答我

那些未曾改变的

以后也确定不会变的

如果有的话

会是什么呢

一支白色玫瑰

一直到现在

那支白色的玫瑰依然还开着

那是我曾从你心上摘下的一朵

我甚至都不敢贴上前去细闻它的香气

也许我只是老了

老到只能活在一个古老的故事里

所以在你走后

我亦未曾再找寻过你

或是这世上的另一个你

但有一个真相我一直想要告诉你

这世上从来不止有白色的玫瑰

或是红色的玫瑰

而只有爱

唯有爱

或者不爱

但关于那一个字

我这一生或许都不曾懂得

亦未敢要去真正地触及

我想我大概只是老了

老到只能活在一个古老的故事里

老到现在的我终于有了勇气

将自己的怯弱展示给你

怀疑

相信我　不是只有你被困

看　一只流落在水泥地上的蚂蚁

与一只搁浅在窗玻璃上的苍蝇

它们为了生存所做的努力

也许并不会逊色于你

要知道受困可从不是你的命运

也许破茧而出才更像是你的使命

就像一粒种子

一颗嫩芽

一只蝴蝶

一株花苞

自由也不只是属于鸟儿的

它也属于风

属于云

属于辽阔的草地

它也是属于你的

你当然不会逊色于一只小鸟

也许你只是在怀疑

始终在怀疑

你在怀疑造物的智慧与奇迹

又或许你在怀疑的那个

其实是你自己

停看

有时当我们停下来

回看过往那些独自走过的泥泞

与其说放下

说是接纳也许反而会更加准确一些

重要的已不再是好与坏　或对与错

而是自己在当下的认知以及回应的方式

是如野草一般的

所展现出的生存的意志

是如大地一般的

对爱的孕育与给予

是如流水一般的

对一切发生的包容与释然

是如阳光一般的

永远袒露的强大与温暖

你可以不必去感激那些刻骨的伤痛

但却无法否认那其中或许也有滋养

你也可以不必勉强自己去原谅

直到当你看到在那不同之中确也有相同

你甚至不必刻意地表现出善良

而当你意识到自己与这个世界之间的联结

与一棵树　一朵云之间的关联时

那颗心却好像要化了似的

无论是从今还是往后

孩子　关于这一切的发生又有什么关系呢

或许正是这一切最终成就了你

表达

也许我们每个人从出生时起

就开始寻求着各种的表达方式

文字或是语言

身体或是头脑

音乐或是舞蹈

所以不要怕出错

如果你只是在诚实地表达你自己

其实这世上从来就不缺少表达

譬如此时山间弥漫的云雾对于雨水的表达

亦或清晨醒来的一滴露珠对于绿叶的表达

或许我们自身本也是一种表达

是作为生命存在的一种表达

所以此刻的你想要表达些什么呢

还是其实我们对于自我的表达已经够多的了

而作为生命呢

作为生命你想要呈现或表达的又会是什么呢

平静中想飞

面对着生活时

如果既不忍心去肯定

也不忍心否定些什么

不如就选择以爱的方式相回应

不再轻易地做下评判

也许反而会为你迎来平静

你知道

这世上再没有比平静更能滋养人心的了

就让它被一整条青碧的江水所澄清

被初夏山间茂盛的绿意所填满

被那一眼望不到边的云海所延伸

然后无限扩展

不如此刻就打开一扇窗

让一整颗心飞出去也别管

退路

你知道的

这一次我们已经没有了退路

也告诉自己要咬紧牙关绝对不认输

尽管已是满身污浊

但内心的热爱却依然纯粹

尽管已是伤痕累累

但生命的尊严仍无法被遮掩

也许未来的路也还是充满了泥泞与颠簸

但这一次

我们绝不会再向心中的恐惧让路

要去哪里

要去哪里

关于这个问题答案其实早就已经非常的清楚

当一个人独处的时候

反而再也没有感到过彷徨与孤独

或许这一生

我们还从未似现在这样的

明白过自己到底是谁

快看啊

那纯洁的格桑花早已开遍了山谷

你的委屈

人这一生究竟要经历多少

才肯让自己心安理得地享受那来之不易的幸福

又要经历多少

才敢向世界宣告自己心中真正的想要

是否人越是当真

就越是会表现的畏手畏脚

而你却哭着对我说

人这一生有些牺牲或委屈也许是在所难免的

我知道其实在你心里

从来就没有什么能够真正地限制或者阻碍你

一直勇敢如你啊

有些话还没有说完

有些话似已不必再讲了

此时看着你又一次地挥泪如雨

那一刻我只是想要抱抱你

误读

我也曾误读过自己关于人生的理想

通过对某种权威或榜样的崇拜与模仿

以致让自己被无限扩大的欲望所裹挟

直至无法动弹

我也曾误读过自己的爱情

通过占有、控制、无休止的期望与失望

以致被内心以为的缺憾与永无止境的向外需索所囚禁

直至迷失了方向

我甚至曾经误读过我自己

将自己认同于一些表面的喜欢与不喜欢

拥有或是失去

以致最终被种种的造作与虚妄弄得自己遍体鳞伤

但那又有什么关系呢

重要的是我们还活着

不是吗

生命的河流终将会荡清那些看似的无明与污浊

回归于清澈

而在那长河的尽头

在一片深远的平静中

有一道光

那道光还将永恒的为你燃烧　照亮

大自然

也许大自然从不需要被人刻画或被述说些什么

它一直就是生命本身

它已拥有着得以生生不息的所有美好的品质

而那个自大的

一厢情愿的

一直索取着的

并且始终依附其上的

也许从来就是人自己

也许对于那些有可能会消融我们的

我们也总会本能地选择视而不见

也许有天人们便会意识到

其实人与自然之间的联结原本就是一体的

直到我们也终于满怀着虔诚地

将自身投入于那股生之意志当中

并最终投身于爱里

永远的向日葵

或许画家已经做到了他自身的极致

所以他疯了

疯到试图将那股被困住的生命力直接迸射在画布上

似那般的傻气又可爱

疯到想要无限地去接近于生命的本质

凭借着一己之力

疯到让后来的人都只能够仰望

却无法再超越

疯到要让这个世界从此只有一个他

疯到连生与死也终于模糊了界线

并最终联结成了一体

也许生命绽放到极致

看上去就跟疯了似的吧

而唯有那片星空永恒

礼物

生命是礼物

而有时我们只是误以为自己什么都想要

于是便开始满世界里去寻找

生命是礼物

而有时我们却只想要让这个世界朝着自己所想的方向

于是终于将自己也弄成一副张牙舞爪怨声载道的模样

生命是礼物

而有时我们却误以为自己已经足够的懂得了

于是对于那些自以为是的了解与知道便再也提不起劲来

生命是礼物

请试着去看见它

拆开它

拥抱它

感激它

生命是礼物

而你就是它

平凡的一天

今天又是平凡的一天

作为宇宙当中的一粒尘埃

我深知这个世界暂时还没有什么举足轻重的意见

在等着一定需要自己去发表

比如要战争还是要和平之类的问题

在每个人心中早都是心知肚明的

而今天的阳光却是格外的好

刚刚好透过密集的樟树叶子击中了我的心

被一阵温暖感动的我

此刻直想要冲着每个迎面而来的陌生人微笑

想像顺手摘下一朵浅粉色的海棠

插在远处正在发呆的一个小女孩儿的发辫上

的确　我与海棠花已经相熟很久了

一面猜想着街角那家书店的书今天应该要到了

也可以选择坐在街边靠窗的角落

看着过路的人来来往往

脸上挂着或欣喜或漠然的表情

我想关于这个世界

一定还有着太多我们所不曾了解的

比如在下一个街角将会遇见的人

至于对生命的了解恐怕就更是少之又少了

这真好

今天又是平凡的一天

突然发现

幸福也许只是

想看一天的云

便看一天的云

到最后

也许到最后

一切终将消融于爱里

无论是恐惧　防备　或是怀疑

正像是地球总要围绕着太阳

江河总要复归于大海

而你也终将回归到那宇宙生命的起源之中

又或许会在一片叶子的一生中重又遇见那自己

从此不朽是你

生生不息也是你

至于在今生的故事或者剧本里面出现的

会是两个人的天长地久

或是一个人的天荒地老

不如就让这一切自然地发生

好吗